Gabi erwacht blutverschmiert hinter dem Haus. Was ist geschehen?

Von diesem Augenblick an ist ihre Welt nicht mehr, wie sie einmal war und es geschehen seltsame Dinge. Warum liegt hinter dem Haus eine tote Frau, die so aussieht wie sie? Wie ist sie überhaupt ums Leben gekommen? Und wieso tauchen plötzlich ihre Eltern auf, die schon seit Jahren tot sind?

Die Autorin hat hier eine wahre Begebenheit zu dieser mysteriösen Geschichte verarbeitet. Es bleibt der Phantasie des Lesers überlassen herauszufinden, was der Wahrheit entspricht und was frei erfunden ist.

Die Namen der Personen in diesem Buch sind frei erfunden.

AF219029

Gabriele Balmy

Gabis Nachruf

Eine mysteriöse Geschichte um eine tote Frau

Bibliografische Information der Deutschen Nationalbibliothek:
Die Deutsche Nationalbibliothek verzeichnet diese Publikation in der Deutschen National-bibliografie, detaillierte bibliografische Daten sind im Internet über http//dnb.de abrufbar

Impressum
Herstellung und Verlag:
BoD-Books on Demand, Norderstedt
ISBN 978-3-752-80691-5

Mit Geld können wir kaufen:

Ein Bett- aber keinen Schlaf,
Bücher- aber keine Weisheit,

Essen- aber keinen Appetit,
Schmuck- aber keine Schönheit,

Häuser- aber keine Gemeinschaft,
Medizin- aber keine Gesundheit,

Luxusartikel- aber keine Freude,
Allerlei- aber kein Glück,

Sex- aber keine Liebe,
Sogar eine Kirche,
aber niemals den Himmel

(Aus Guatemala)

Wo bin ich? Warum liege ich hier draußen in der Dunkelheit? Wahrscheinlich bin ich gestürzt. Na so etwas, wie habe ich das nur wieder hinbekommen? Was wollte ich eigentlich hier? Zum Spaziergengehen ist es zu dunkel, zum Laub harken auch. Irgendjemand hat mir Ketchup ins Gesicht geschmiert. Das finde ich jetzt aber überhaupt nicht lustig. Pfui, ist das eklig. Na wartet, ihr Lausbuben, wenn ich euch erwische!

Wütend erhebe ich mich, ich werde ins Bad gehen und dieses klebrige Zeug abwaschen. Vielleicht erwische ich diese unverschämten Burschen dann noch.

Erstaunlich, wie schnell ich wieder auf den Beinen bin. Ich taste mein Gesicht ab, die Brille fehlt. Wo ist sie?

Mein Blick schweift durch die Gegend. Im Lichtschein, der durch das Fenster zu mir herausdringt, entdecke ich die Brille auf dem Boden. Die Gläser sind kaputt. Das wird teuer, ich habe die Rechnung noch. Das lasse ich mir bezahlen. Diese Rotzlöffel!

Da liegt ja auch die Laubharke. Vielleicht bin draufgetreten und sie hat mich zu Fall gebracht, oder die Buben haben mich damit niedergeschlagen. Das ist gar kein Ketchup in meinem Gesicht, das ist Blut, es stammt von einer Kopfwunde. Ich bin wohl so unglücklich gefallen, dass ich mir den Kopf aufgeschlagen habe. Ich werde mich waschen, so kann man ja nicht herumlaufen.

Die Versicherung wird für die kaputte Brille aufkommen, da habe ich keine Bedenken. Die hatten nicht einmal etwas zu beanstanden, als wir den wertvollen Familienschmuck meiner Stiefmutter als gestohlen gemeldet haben. Thomas hatte die Idee. Er weiß wie man das macht, er ist ein erfolgreicher Finanzberater und vom Fach. Thomas ist der Sohn meiner geliebten Hilde. Die Beiden wissen, wie man das Geld wieder unter die Leute bringt und haben mich schon Unsummen gekostet.

Ich stehe hier immer noch ratlos herum. Es ist April und eigentlich friere ich immer schnell, heute seltsamerweise nicht. Der Wein wärmt mich wohl. Dabei war es heute erst ein Glas.

Alkohol, der Seelentröster. Er hilft zu vergessen und ertragen. Wie sagt man so schön: „Jeder hat sein Päckchen zu tragen." Ich habe ein ganzes Paket, aber das haben viele andere auch. Eigentlich kann ich mich auch gar nicht beklagen, ich ha-

be ein wunderschönes Haus und ein gro-
ßes Vermögen geerbt.

Geerbt, wie sich das anhört. Das bedeutet
immer, dass jemand gestorben ist. Mir
gehörte nach Papas Tod die Hälfte des
Hauses. Seitdem auch die Stiefmutter
nicht mehr am Leben ist, gehört mir alles.
Allerdings bin ich nun auch allein. Einsam.
Mein Leben lang immer nur einsam, traurig, missbraucht, gedemütigt. Aber was
solls, das Leben kann auch schön sein
und ich habe es wirklich gut. Ich habe keine Geldsorgen und nette Freunde, was
will man mehr. Manchmal plagt mich mein
Gewissen, ich habe einige Dinge getan,
die man nicht tun sollte, aber nun ist es
nicht mehr zu ändern. Es ist alles Vergangenheit.

Meine Mutter starb, als ich noch ein Kind
war. Sie war dem Alkohol sehr zu getan.

Brauchte auch sie ihn als Trost? Aber warum? Ich kann mich daran gar nicht mehr richtig erinnern. Auch meinen Bruder hat der Alkohol auf dem Gewissen, er ist betrunken irgendwo liegen geblieben und erfroren. Einfach so, er hat es nicht mehr nach Hause geschafft. Er ist 16 Jahre alt geworden. Das war auch für Papa schlimm, erst die Frau und dann der Sohn.

Leider ist auch Papa schon lange tot, er mochte wohl nicht mehr leben.

Nach Papas Tod war ich mit seiner zweiten Frau allein. Unsere ganze Familie besteht nur noch aus einem Menschen, und das bin ich. Zum Glück habe ich Hilde, die mich regelmäßig besucht und nun meine Familie ist.

Jetzt sollte ich aber ins Badezimmer und das Blut abwaschen, bevor es ganz antrocknet.

Was ist denn mit dem Spiegel? Ich kann mich nicht sehen. Vielleicht sollte ich die Brille aufsetzen, aber die ist ja kaputt. Mir scheint, auch der Wasserhahn ist kaputt, ich kann ihn nicht aufdrehen, er ist zu fest. Ich muss morgen früh unbedingt den Klempner anrufen.

Ich werde mal die Brille von draußen holen, vielleicht kann ich durch die zerbrochenen Gläser noch etwas erkennen. Und die Laubharke sollte ich wenigstens an die Wand stellen, bevor da noch jemand darüber fällt. Ich kann ja morgen weitermachen und das Laub beseitigen. Es war sowieso eine dumme Idee, in der Dunkelheit hinter dem Haus herum zu werkeln. Wie ich darauf wohl wiedergekommen bin!? Da kann ich nur mit dem Kopf schütteln.

Also begebe ich mich wieder hinaus. Irgendwie erscheint mir heute alles so seltsam, so unwirklich. Ich spüre weder die Wärme im Haus, noch die Kälte draußen und fühle mich so angenehm leicht, wie in Watte gepackt.

Hilde hatte recht, es war doch gut, dass ich meine Herztabletten nicht mehr genommen habe. Hilde ist da ganz resolut und hat die Tabletten einfach entsorgt. Die Natur hat für alles ein Mittel und ich habe einmal gehört, dass in der Nähe immer das Kraut wächst, was man gerade benötigt. So ist es auch bei mir. In meinem Garten wachsen Oleandersträucher. Es heißt, dass sie giftig sind, aber Hilde hat sich da kundig gemacht. Oleander fördert die Herzleistung, so steht es in einigen

Kräuterbüchern. Mir ging es anfangs damit nicht so gut, „Es dauert immer einige Tage bis die Wirkung bei Naturheilmitteln einsetzt", meinte Hilde. Das habe ich auch schon gehört. Jetzt ist es wohl soweit und die Oleandertropfen wirken endlich. Ich fühle mich so gut, wie lange nicht mehr. Die Ärzte übertreiben doch immer. Von wegen, „ohne meine Tabletten würde es mir sehr schlecht gehen", da hat sich der Herr Doktor aber gewaltig geirrt.

Im Laufschritt eile ich ins Haus, durch den Flur ins Bad und ich bin noch nicht einmal außer Atem. Unglaublich! Wo mir doch in den letzten Tagen das Gehen so schwer fiel. Warum wollte ich jetzt eigentlich noch einmal hinaus? Es ist doch dunkel. Ach ja, ich wollte meine Brille vom Hof holen und die Laubharke wegräumen.

Aber was ist das!? Warum liege ich denn dort draußen herum? Ich stehe doch hier? Wie kann das sein? Träume ich?

Verwirrt schaue ich auf den leblosen Körper, der vor mir liegt. Ich muss nachdenken, was hat das zu bedeuten?

Es muss eine andere Frau sein, die dort in der Blutlache liegt und sie sieht nur so aus wie ich. Sie ist wohl auf den Kopf gefallen und ohnmächtig geworden. Wie mag das passiert sein? Ist sie gestolpert und unglücklich gefallen oder hat da jemand mit der Laubharke nachgeholfen? Ich muss den Arzt rufen, vielleicht kann er sie noch retten.

Aufgelöst eile ich ins Haus und suche das Telefon. Meine Güte, wie schnell ich doch bin, das wäre heute Nachmittag noch unmöglich gewesen, da ging es mir gar nicht gut, ich musste mich übergeben und war sehr schwach. Deshalb habe ich fast den ganzen Tag im Bett verbracht. Hilde meinte, ich hätte etwas Falsches gegessen. Wahrscheinlich war der Fisch heute Mittag nicht ganz in Ordnung.

Ich kann mich überhaupt nicht mehr daran erinnern, wie ich auf den Hof gekommen bin, um Laub zu harken. Jetzt geht es bei mir auch schon los mit der Vergesslichkeit, dabei bin ich doch noch gar nicht so alt. Unglaublich, wie sich das ganze Leben innerhalb weniger Stunden ändert. Wie ist die Notrufnummer? Vor lauter Aufregung fällt sie mir nicht ein. Ich habe eine Doppelgängerin. Vielleicht ist das meine Schwester, von deren Existenz ich vorher nichts ahnte. So etwas hat man ja schon öfter gehört. Plötzlich tauchen Geschwister auf, von denen man nichts wusste.

Was Hilde wohl dazu sagen wird, dass es eine andere Frau gibt, die so aussieht wie ich? Und mein Stiefbruder Fritz? Ich bin so aufgeregt und kann die Notrufnummer nicht wählen, mir zittern die Hände.

Die Laubharke, ich muss die Laubharke wegräumen, bevor noch jemand dadurch zu Schaden kommt. Sicherlich ist die Frau versehentlich draufgetreten, der Stiel ist ihr dabei gegen den Kopf geschlagen und sie ist deshalb gestürzt. Dabei ist sie unglücklich mit dem Kopf aufgeschlagen. So wird es gewesen sein.

Was sie wohl hinter dem Haus gemacht hat? Vielleicht wollte sie mich erst durch das Fenster beobachten, bevor sie mich anspricht. Merkwürdig, dass ich sie nicht gesehen habe. Irgendetwas stimmt hier nicht, es ist alles so widersprüchlich, unwirklich. Wie ist sie überhaupt dort hingekommen? Man kann nur durch das Haus auf den Hof gelangen. Ich hätte sie bemerken müssen. Von einem Glas Wein wird man doch nicht so blind, dass man nicht einmal bemerkt, wenn jemand durchs Haus schleicht. Außerdem war doch alles verschlossen.

Sie sieht ganz genauso aus wie ich, trägt die selbe Hose wie ich, der Pullover, die Schuhe, alles identisch und liegt immer noch regungslos auf dem Boden. Ich habe gehört, dass Zwillinge manchmal unbewusst das gleiche machen und auch, ohne es zu vereinbaren, dieselbe Kleidung tragen.

Vielleicht hat meine Mutter sie gleich nach der Geburt weggegeben, weil ihr zwei Töchter zu viel waren und jetzt hat meine Schwester mich ausfindig gemacht. So wird es sein. Warum nur liegt sie blutverschmiert auf dem Hof herum? Inzwischen ist es Mitternacht. Sie atmet nicht mehr und auch den Puls kann ich nicht fühlen. Sie ist eindeutig tot. Es ist nicht notwendig, den Doktor um diese Zeit aus dem Bett zu klingeln. Da kann kein Arzt mehr helfen. Ich werde jetzt auch zu Bett gehen. Morgen früh kommt Branka, meine Putzfrau. Branka wird wissen, was zu tun ist.

Grübelnd liege ich nun auf meinem Bett. Ich mag mich nicht ausziehen, eigentlich mag ich jetzt gar nichts mehr. Morgen früh werde ich Hilde anrufen und ihr berichten, dass sie Recht hatte, ihre Oleandertropfen haben viel besser geholfen, als die Tabletten vom Arzt und mir ist auch gar nicht mehr übel.

Meine Hilde meint es doch gut mit mir. Wir haben viel erlebt in all den Jahren, in denen wir ein Paar sind, hatten viele schöne gemeinsame Stunden und Urlaube. Zwei unzertrennliche Seelen. Hilde hat mir gezeigt wie es ist, zu lieben und geliebt zu werden und wie schön körperliche Nähe sein kann. Ich hatte früher ganz schreckliche Erfahrungen mit Männern, seitdem durfte kein Mensch mir mehr so nahekommen. Aber dann war da Hilde, die hübsche Boutique-Besitzerin. Natürlich war es, wie in jeder Beziehung, nicht immer einfach und wir hatten auch große Krisen zu überstehen. Allerdings mag keinen Streit, ich bin sehr harmoniebedürftig.

Ob sie mich wohl auch lieben würde, wenn ich kein Geld hätte? Darüber mag ich nicht nachdenken. Ich bin froh, dass ich sie habe, sie ist mir alles Geld wert, das ich besitze.

Meine Stiefmutter hat Hilde nie gemocht, und meine Geliebte durfte zu Lebzeiten der alten Dame dieses Haus nicht betreten. Nach Papas Tod lebte ich mit der Stiefmutter allein hier. Das heißt, die kleine Wohnung im Anbau, die jetzt vermietet ist, durfte ich bewohnen und Papas Frau lebte im Haupthaus. Ich nannte sie heimlich die „Gräfin", weil sie sich immer so anmutig und vornehm benommen hat, als wäre sie eine Adelige. Sie war auch noch mit 80 Jahren eine gut aussehende Frau, die immer sehr auf ihr Äußeres geachtet hat. Wahrscheinlich war Papa ihr wegen ihrer Schönheit dermaßen verfallen.

Papa war ein angesehener Ober Medizinaldirektor und die „Gräfin" ein wunderbares Aushängeschild, auf das die Leute flogen, wie Motten ins Licht. Sie war immer perfekt gekleidet und zurecht gemacht. Da gab es keinen Makel, die perfekte Gastgeberin. Ich dagegen war das Aschenputtel und habe mich lieber zurückgezogen, während die beiden auf ihren Festen glänzten.

Eigentlich haben sie gar nicht zusammengepasst. Papa war ein liebevoller, warmherziger Mann und sie eine herbe, kalte Schönheit, die Schneekönigin. Perfekt in der Optik, aber eiskalt. Das ist wie mit Schneewittchen, die hatte auch so eine Stiefmutter. Meine hat mir glücklicherweise keinen vergifteten Apfel gebracht, sondern sehr darauf geachtet, dass ich mich gesund ernähre. Und sie hat mir eine Villa und ein Vermögen hinterlassen.

Seit Thomas erwachsen ist, läuft es gar nicht mehr so gut zwischen Hilde und mir. Thomas ist ihr Sohn und ständig hat er irgendwelche Forderungen und komische

Ideen. Das wird noch mal ein böses Ende nehmen mit ihm. Sind Mütter so, dass sie alles für ihre Kinder tun und immer zu ihnen halten, egal was sie auch anstellen? Ich kann da nicht mitreden, habe keine Kinder.

Der Versicherungsbetrug mit dem Familienschmuck war nicht so schlimm, die Versicherung hat schließlich genug Geld und kann ruhig auch mal was zahlen. Thomas ist ein kluges Köpfchen und hat den Plan gemacht. Ich hatte meine Bedenken, aber es hat wirklich gut geklappt. Die Sache mit dem Testament war schon etwas schwieriger und ich habe heute noch ein schlechtes Gewissen. Eigentlich gehört ein Teil der Erbschaft Fritz. Fritz ist der leibliche Sohn der „Gräfin", also mein Stiefbruder. Das Wort „Stief" ist irgendwie komisch, woher es wohl stammt? Fritz und ich haben uns nie wie „Stiefgeschwister" gefühlt. Er war für mich immer mein Bruder und ich seine Schwester. Seit dem Tod seiner Mutter telefonieren wir jede Woche miteinander und sehen uns regelmäßig.

Er hatte keinen Kontakt zu seiner Mutter, daher hat sie mir alles vermacht. Fritz hat seinen Pflichtteil nie eingefordert und von dem Vermögen ist nicht mehr viel da. Thomas wollte eine Generalvollmacht und hat dann eine Menge Geld von meinem Konto abgehoben. So war das eigentlich nicht abgemacht, aber er wurde sehr wütend, als ich ihn zur Rede gestellt habe. Er hat mich „alte Schachtel" genannt und mich gefragt, was ich denn mit dem ganzen Geld wolle. Ich würde es doch nicht benötigen, meinte er und: `Hilde und er hätten dafür bessere Verwendung, ich solle mich nicht so anstellen und nicht so geizig sein`. Das waren harte Worte, aber ich habe mich gefügt, wie immer. Was hätte ich auch tun sollen.

Hilde ist dem Alkohol sehr zugetan. Ich habe von diesem Zeug eigentlich nie etwas gehalten, schließlich sind meine Mutter und mein Bruder schon dem Alkohol zum Opfer gefallen und auch Papa hat gerne etwas getrunken, bis auch er daran gestorben ist

Allerdings habe ich im Laufe der Jahre gelernt mit dem Alkohol zu leben, er ist die Verbindung zu Hilde und wir haben viele lustige Feiern zu zweit.

Irgendwie scheint es, als wäre Fritz der Stiefsohn und ich die leibliche Tochter, aber in Wirklichkeit ist es umgedreht. Das Leben ist doch manchmal merkwürdig.

Es war testamentarisch festgelegt, dass im Falle meines Todes Fritz alles erben würde. Aber dann wollte Thomas, dass ich ihn als Alleinerben einsetzen sollte. Hilde hat es durchgesetzt, dass auch ihr anderer Sohn im Falle meines Todes einen Teil der Erbschaft erhält.

Fritz wird es nie erfahren, er ist mehr als 10 Jahre älter als ich und er wird sicher vor mir diese Welt verlassen. Da kann es ihm egal sein, wer das Haus bekommt, wenn wir beide mal nicht mehr sind. Es ist Hilde wichtig, dass ihre Söhne nach unserem Ableben versorgt sind, das kann ich verstehen. Irgendwie sind es ja auch meine Söhne. Meine Stiefsöhne sozusagen, auch wenn wir nicht verheiratet sind und auch nicht zusammenleben. Außerdem ist da noch die Sache mit dem Versicherungsbetrug: Hätte ich das Testament nicht geändert, hätten sie der Polizei erzählt, dass der Schmuck noch im Tresor liegt. Sie hätten natürlich abgestritten, dass es ihre Idee war und auf mich geschoben. Zwei gegen einen, da hätte ich keine Chance. Außerdem ist Thomas ein angesehener Finanzberater, dem würden sie eher glauben, als mir. Dann müsste ich wahrscheinlich einige Zeit im Gefängnis verbringen. Wer weiß, was der feine Herr Sohn mir sonst noch so angehängt hätte. Da habe ich doch lieber beim Notar das Testament unterschrieben

Hoffentlich wird Fritz nie erfahren, dass es inzwischen ein anderes Testament gibt. Das wäre mir sehr unangenehm.

Ich kann nicht schlafen, vielleicht hilft lesen. Aber dafür benötige ich meine Brille. Und die Laubharke liegt auch immer noch draußen herum. Ich sollte sie beiseitestellen, bevor noch jemand zu Schaden kommt. Es wird schon langsam hell. Ob die tote Frau immer noch dort hinten liegt? Die kaputte Brille draußen gehört der Fremden, also muss meine hier irgendwo sein. Aber wo? Ich mag nicht aufstehen, vielleicht war die Frau doch nicht tot und nur bewusstlos. Dann könnte es sein, dass sie inzwischen aufgestanden und hier im Haus ist, um sich das Blut abzuwaschen. Aber das hätte ich doch gehört. Außerdem kann sie gar nicht mehr am Leben sein, sonst hätte sie doch vorhin noch geatmet und einen Puls gehabt.

Aber was, wenn ich mich geirrt habe? Heute ist alles so merkwürdig, da wundert mich nichts mehr. Alles ist möglich, wie es scheint.

Branka wird die Laubharke wegräumen.

Der schreckliche Anblick von dem ganzen Blut verfolgt mich. Ich starre an die Decke und sehe immer wieder die Tote vor mir. Ich sehe sie an der Decke, ich sehe sie am Schrank, an der Tür, im Spiegel, die Tote ist überall. Bin ich verrückt?

Wo bleibt nur Branka? Sie müsste doch allmählich kommen. Dann wird sie den Arzt rufen und ich lasse mir eine Beruhigungsspritze geben. Ich will endlich schlafen, nur noch schlafen. Ich will meine Ruhe und die schrecklichen Bilder vergessen. Schlafen und nie mehr aufwachen, keine Sorgen, keine Probleme mehr haben. Nur noch Ruhe, himmlische Ruhe, nicht mehr an die Vergangenheit denken und an all die Dinge, die ich lieber nicht getan hätte und vergessen möchte.

Es gibt Leute die glauben, dass man auch nach dem Tod noch weiterlebt, unsichtbar für viele andere. Sie „geistern" dann unruhig durch die Gegend und erschrecken ihre Mitbürger.

So ein Quatsch, wenn man tot ist, ist man tot. Man sieht, hört und spürt nichts mehr. Das wäre ja schlimm, dann wäre meine Stiefmutter ja immer noch hier und würde mich ständig zurechtweisen. Sie hätte Thomas und Hilde schon längst aus dem Haus gejagt, da hätte die resolute Frau ganz sicher einen Weg gefunden.

Die ganzen Geschichten von Geistern oder irgendwelchen Wesen, die diese Welt nicht verlassen können, weil sie hier auf Erden noch etwas zu erledigen haben und den Leuten Angst einjagen, sind doch nur Märchen.

Manchmal hört man ein Knacken oder seltsame Geräusche, aber das ist nur das Holz, das gerade arbeitet oder der Wind.

Da muss man nicht gleich denken, dass eine verlorene Seele versucht, auf sich aufmerksam zu machen.

Ich habe einmal einen Film gesehen, da wurde der Hauptdarsteller von seinem besten Freund umgebracht. Natürlich ging es auch in dem Fall wieder nur um Geld. Der Ermordete war dann noch solange als Geist unterwegs, bis der Verbrecher seine Strafe erhielt. Erst dann konnte der Geschädigte seine Ruhe finden und hinauf ins Licht gehen.

Wenn das wirklich so wäre, wären wir ständig umgeben, von irgendwelchen unsichtbaren, ruhelosen Wesen, die mit uns ihre Spielchen treiben.

Vielleicht verschwinden bei mir deshalb manche Dinge, die irgendwann dann wiederauftauchen, obwohl ich doch überall danach gesucht habe. Spielt mir da meine verstorbene Stiefmutter einen Streich? Oder etwa meine Mutter selbst? Und Papa? Aber der hatte ja sowieso nie viel Zeit für mich.

Wenn ich mir vorstelle, dass mein erfrorener Bruder, bleich wie die Wand hier durch die Gegend läuft und versucht, mit mir Kontakt aufzunehmen... So ein Quatsch. Welch wirre Gedanken ich habe, ich sollte mit Hilde mal wieder wegfahren und entspannen, um auf andere Gedanken zu kommen.

Gerade ging eine Tür, ich habe es genau gehört. Vielleicht ist es die Frau und will sich mit mir über die Vergangenheit unterhalten. Ich will jetzt nicht mit ihr darüber reden, ich will meine Ruhe!

In meiner Phantasie schleppt sie sich blutverschmiert und schwerverletzt, mit einer Hand an der Hausmauer abstützend, langsam in die Wohnung Wahrscheinlich hat sie dabei die Brille ganz kaputtgetreten. Ich hätte sie vorsichtshalber darauf hinweisen sollen, dass die Brille noch dort liegt. Es könnte ja sein, dass sie mich hört und sich im Moment nur nicht bewegen kann. Vielleicht hätte man die Brille noch reparieren können. Sicher ist das Blut inzwischen getrocknet, sonst würde sie dabei alles voll tropfen.

Meine Phantasie geht wieder mit mir durch und ich schaue vorsichtig durch die Schlafzimmertür auf den Flur. Im Film stehen die Leute dann immer unbemerkt im Obergeschoss, dort sind sie in Sicherheit. Leider ist das hier kein Film. In meinem Haus ist alles ebenerdig, ich kann mich nicht oben verstecken.

Nur kein Geräusch machen, ganz vorsichtig.

Ich höre es im Flur rascheln und sehe eine Gestalt, die langsam ihren Mantel ablegt. Der Mantel hat rote Flecken, ist das Blut? Mir stockt der Atem, sie ist es, die Frau ist hier im Haus! Mir läuft ein kalter Schauer über den Rücken.

Was mach ich jetzt nur? Weglaufen kann ich nicht, ich müsste an ihr vorbei. Oh je, sie hat es bis hierhergeschafft. Wenn sie jetzt im Flur tot umfällt, werde ich in diesem Haus nicht mehr froh. Blutflecken bekommt man schwer aus dem Teppich heraus. Ich werde ihn entsorgen und einen neuen kaufen müssen. Dann hätte ich noch ein weiteres schreckliches Bild für den Rest meines Lebens vor Augen: Das Bild der toten Frau auf meinem schönen Teppich.

Ich kann sie nicht richtig erkennen und schleiche mich vorsichtig etwas näher heran. Vielleicht kann ich ihr doch unbemerkt entwischen. Jetzt bin so nahe, dass ich sie fast berühren kann und sie bemerkt mich immer noch nicht.

Dieses Parfüm kommt mir bekannt vor, an wen erinnert es mich nur…

Mühsam suche nach einer Erinnerung. Es riecht so vertraut, aber zu wem gehört der Duft?

Jetzt sehe ich ihr Gesicht im Spiegel, es ist Branka. Gott sei Dank. Ihr Mantel hat rote Farbtupfer, kein Blut. Erleichtert atme ich aus und puste ihr dabei in den Nacken. Sie wischt nur kurz mit der Hand darüber, als würde sie meinen Atem wegwischen und beachtet mich nicht weiter.

„Mensch Branka, hast Du mich erschreckt!" Sie schaut nur verständnislos an mir vorbei zur offenen Tür, die zum Hof führt. Ich hatte wohl vergessen sie zu schließen, als ich vorhin hereinkam. „Stell dir vor Branka, draußen liegt eine tote Frau, die so aussieht wie ich. Ich hatte vergessen, die Tür zu schließen, als ich den Arzt rufen wollte, kannst Du das erledigen? Ich habe es nicht geschafft." „Gabi! Gaaabiii?" ruft Branka nach mir. „Sehr witzig Branka, ich stehe doch hier, neben Dir. Aber gut, wenn Du es möchtest, spiele ich das Spiel mit und verhalte mich ruhig." Mal sehen, wie sie auf die tote Frau reagiert.

Vorsichtig begibt sie sich hinaus.

In gebührendem Abstand schleiche ich Branka hinterher. Die Frau liegt noch auf dem Hof.

„Schrei Branka! Schrei für die tote, blutverschmierte Frau mit der kaputten Brille! Schrei es heraus, alle Leute sollen es hören, dass sie tot ist! Die Frau, die so aussieht wie Gabi, ist tot! Sie liegt hinter dem Haus! Schrei. Branka, schrei!"

Aber Branka gibt keinen Ton von sich. Sie sieht die tote Frau und schlägt die Hände vor das Gesicht.

Ich muss kichern, jetzt haben die zwei die gleiche Gesichtsfarbe: Weiß wie ein Kalkeimer. Nur bei Branka ist die rote Farbe vorteilhafter verteilt, sie trägt immer Lippenstift und schminkt sich so vornehm, wie meine verstorbene Stiefmutter. Ich mache mir nicht viel aus solchen Dingen, es gibt Wichtigeres im Leben als der äußere Schein.

Schockiert läuft Branka an mir vorbei ins Haus. Jetzt sieht sie gar nicht mehr hübsch aus. Sie hat ihren Lippenstift im Gesicht verschmiert. Weiß wie Schnee die Gesichtshaut, rot wie Blut der verschmierte Lippenstift. Branka ist so aufgeregt, dass sie mich immer noch nicht bemerkt. Ihr Gesicht spiegelt Panik wider. Tränen rinnen aus ihren Augen und die Wimperntusche läuft quer über die Wangen.

„Mensch Branka, lass Dich nicht so gehen, du achtest doch sonst immer auf dein Äußeres!"

Mit zitternden Fingern ruft sie Hilde an und erzählt ihr, dass ich tot hinter dem Haus liege.

Ich werde sie entlassen, damit treibt man keine Scherze! Wenn Hilde hier ist, werde ich alles wieder klarstellen. Dass die Leute auch immer dermaßen übertreiben müssen. Sicher ist Hilde jetzt außer sich vor Sorge.

Vielleicht ist das gar nicht so schlecht, umso schöner wird die Wiedersehensfreude. Ich bin gespannt auf ihr Gesicht, wenn sie sieht, dass alles nur ein Missverständnis war. Sie wird mir erleichtert um den Hals fallen und froh sein, dass ich noch am Leben bin.

Branka wirft das Telefon auf den Tisch, als hätte sie sich am Hörer die Hände verbrannt und stürmt zu ihrem Auto. Man könnte meinen, es wäre eine Meute wilder Hunde hinter ihr her.

Weg ist sie. Und die Laubharke hat sie auch nicht fortgeräumt. Ich werde ein ernstes Wörtchen mit ihr reden müssen.

Stille. Ich bin wieder allein. Einsam. Niemand ist da, nur die tote Frau hinter dem Haus und ich. Mir wird wieder unheimlich zumute. Was hat das alles nur zu bedeuten? Ich will nicht, dass es so ruhig ist, das macht mir Angst.

„Was hast du dummes Ding nur angestellt!" hallt es durch das Haus. Was war das? Woher kenne ich die Stimme? Wer ist da? Doch nicht etwa die tote Frau? „Ich habe dir tausendmal gesagt, du sollst dich nicht mit diesen Personen einlassen. Jetzt siehst du, was sie angerichtet haben, deine feine Hilde und ihr missratener Sohn!" Es ist meine Stiefmutter. Aber wie kann das sein, sie ist doch tot. Ich glaube ich träume. Ich würde mich gern irgendwo verkriechen, aber zu spät. Schon steht sie vor mir, in ihrer kalten Schönheit. „Die Eiskönigin", fährt es mir durch den Kopf.

„Wie konntest du nur diesen Leuten mein Haus überlassen?!" wettert sie weiter. „Aber ich...ich wollte das nicht, ich..." stottere ich und mir fehlen die Worte. Jetzt wachsen mir die Probleme endgültig über den Kopf. Wie kann meine Stiefmutter tot sein, wenn sie doch hier steht. Oder umgedreht, wie kann sie hier stehen, wenn sie doch tot ist. Ich wage es nicht, zu fragen. Wütend schüttelt sie den Kopf und geht hinaus.

Ein Schlüssel dreht sich im Türschloss und Thomas kommt in Begleitung seiner Mutter zur Tür herein. Die zwei waren aber schnell.

„Hilde, ihr müsst wieder verschwinden, meine Stiefmutter ist hier, sie will euch im Haus nicht haben, das wisst ihr doch!" Sie beachten mich gar nicht und schauen gelassen durchs Fenster nach draußen zu der toten Frau.

„Hilde!?" leise versuche ich, sie anzusprechen. Unauffällig schleiche ich in ihre Nähe. „Hilde, ich muss mit dir reden", aber sie ignoriert mich einfach. Wahrscheinlich ist sie dermaßen von Trauer überwältigt, dass sie nichts mehr um sich herum wahrnimmt. Nervös schaut Hilde sich um, aber Thomas scheint die Tatsache, dass dort eine Leiche liegt, nicht zu überraschen.

„Hilde, ich bin doch hier, das ist alles nur ein Missverständnis. Die tote Frau ist eine Fremde, und meine Stiefmutter ist auch hier, sie wird die Polizei rufen und euch wegen Hausfriedensbruch verklagen. Ihr wisst doch, dass ihr Hausverbot bei ihr habt." Sie hört mir einfach nicht zu und läuft an mir vorbei. Aber was machen die Zwei denn da? Hilde räumt den Medikamentenschrank leer, warum denn das? „Hilde, ich brauche doch meine Medizin, die ist lebenswichtig für mich und deine Tropfen haben mir so gut geholfen. Warum entfernst du sie jetzt?" Hastig verstauen sie einige Dinge und die Medikamente im Kofferraum. Auch das Geld aus dem Tresor nehmen sie mit.

Verzweifelt stehe ich in der Tür zum Badezimmer und sie beachten mich nicht. Und das blutige Bündel hinterm Haus liegt immer noch an derselben Stelle. Warum rufen sie nicht den Arzt oder die Polizei?

„Jetzt sieh mal zu, wie du die Sache wieder in Ordnung bringst!" Da ist sie wieder, die Stiefmutter.

Mir dreht sich alles, wenn doch nur ein Ohnmachtsanfall kommen würde, dann hätte ich meine Ruhe und nach dem Aufwachen wäre alles wie immer. Aber nichts dergleichen passiert.

Wie ein Racheengel steht die „Gräfin" im Wohnzimmer, die Hände in die Hüften gestemmt und schaut mich wütend an.

„Du hast alles an diese raffgierigen Leute verschenkt, Dinge, die dir nicht gehören. Du musst sie zurückholen!" „Aber wie soll ich es denn machen?" stottere ich weinerlich mit gesenktem Kopf. Jetzt fühle ich mich wieder wie früher, als ich noch ein Kind war und sie mich wegen jeder Kleinigkeit zurechtgewiesen hat. „Gabi du musst dies tun, Gabi du musst das tun!"

Hilde und Thomas betreten wieder das Haus. Hilde ruft jetzt Fritz an und teilt ihm mit, dass ich tot hinter dem Haus liege. „Aber Hilde! Ich bin doch nicht tot, ich stehe doch hier, neben dir! Jetzt mach doch nicht dem armen Fritz auch noch Sorgen." Wie es scheint ist mein Stiefbruder mal wieder irgendwo unterwegs, er macht sich aber gleich auf den Weg, wie ich dem Gespräch entnehme. Es wird noch mindestens zwei Stunden dauern, bis er hier ist. Hilde und Thomas bringen noch einige wertvolle Dinge ins Auto.

Endlich rufen sie den Arzt. Inzwischen waren sie schon zwei Stunden hier fleißig am Aus- und Aufräumen. Dabei war es doch gar nicht schmutzig.

Es läutet und Sabine kommt. Sabine ist die Tochter von Fritz und wohnt in der Nähe. Das scheint jetzt ein Familientreffen zu werden.

Warum sagt die Stiefmutter ihnen nicht selber, dass sie verschwinden sollen? Inzwischen sitzt sie resigniert auf ihrem Sessel und schaut schweigend zu. Der Arzt untersucht die tote Frau und stellt Herzversagen fest. So ein Blitzmerker, klar hat das Herz versagt, sonst würde sie ja noch leben. Warum ihr Herz nicht mehr schlägt würde mich interessieren. Aber mit dieser Frage bin ich wohl allein. Für alle anderen scheint es ganz normal zu sein, dass hinter meinem Haus eine Leiche liegt.

Inzwischen ist auch die Polizei da und sichert den Tatort. „Hilde..." „Hilde!" Verzweifelt versuche ich, sie anzusprechen, aber sie hört mich immer noch nicht. Was ist nur los? „Ich soll euch sagen, ihr sollt alles wieder hereinbringen, was nicht euch gehört und dann das Haus verlassen," versuche ich noch einmal vorsichtig, auf mich aufmerksam zu machen.

„Sie hören dich nicht", zischt mich die „Gräfin" an, „sie sind zu sehr mit sich selbst und ihrer Habgier beschäftigt."

Beschämt schaue ich aus dem Fenster. Was soll ich nur tun, ich würde mich gern unter meiner Bettdecke verstecken, ob sie mich dann wohl in Ruhe lässt? Eine männliche Gestalt kommt aus der Garage ins Haus. Es ist Papa.

Papa? Träume ich? Oder war es nur ein Traum, dass die zwei gestorben sind?

Liebevoll blicken sich die beiden an. Die „Gräfin" hat sich inzwischen majestätisch auf ihrem Sessel platziert.

Thomas blafft Sabine an, dass er keine Zeit hat und sie kann gleich wieder gehen, er hat die Generalvollmacht und sie habe hier nichts zu suchen. Sabine schaut ihn ungläubig an.

Warum ist er nur wieder so gereizt und aggressiv? Er will Sabine nicht zu Wort kommen lassen und die uniformierten Herren, die gerade mit dem Verhör der Nachbarn fertig sind, versuchen ihn etwas zu beruhigen. Auch sie bekommen seinen Unmut zu spüren.

Sicherlich ist er so gereizt und nervös, weil ihm mein Tod so nahe geht. Er kann ja nicht wissen, dass ich noch hier bin und eine Fremde draußen liegt.

Das ist ja wie ein Theaterstück, ein schlechter Film.

Papa und die „Gräfin" sitzen nur da und schauen besorgt zu. Warum werden sie nicht befragt? Wo waren sie die ganze Zeit? Vielleicht haben sie gesehen, was passiert ist.

Endlich wird die tote Frau abgeholt. Ich will es nicht mit ansehen und verkrieche mich jetzt wirklich unter der Bettdecke. Gedämpft dringen Thomas Worte an mein Ohr. Er will, dass die Verstorbene so schnell wie möglich verbrannt wird. Das kann ich verstehen, der Anblick ist nicht besonders schön.

Jetzt entfernt sich das Polizeiauto, es scheint nicht ganz intakt zu sein, das habe ich schon gehört, als es ankam.

Die Polizisten haben sicherlich noch Verbrechen aufzuklären und können nicht die ganze Zeit mit einer verstorbenen Frau vergeuden.

Thomas versucht erneut, Sabine aus dem Haus zu werfen, er muss zur Arbeit. Aber Sabine bleibt eisern und lässt und fordert ihn auf, zu bleiben. Sie besteht darauf, dass er wartet bis Fritz hier ist.

Von Hilde höre ich gar nichts mehr. Wahrscheinlich sitzt sie genauso entsetzt und schweigsam irgendwo herum, wie meine Eltern.

Totenstille.

Sind sie nun alle weg?

Vorsichtig hebe ich meine Bettdecke. Nichts. Langsam steige ich aus meinem Bett und schaue durch das Fenster auf den Hof. Die tote Frau ist weg. Nur ein Blutfleck erinnert noch daran, dass sie dort gelegen hat. Ich werde ihn mit dem Dampfstrahler entfernen und die Sache einfach vergessen, so wie ich es immer gemacht habe.

Vorsichtig schleiche ich ins Wohnzimmer. Da sitzen sie, abwartend. Jeder starrt schweigend vor sich hin.

Papa und die Stiefmutter auf ihren Sesseln, Hilde, Thomas und Sabine am Esstisch. Warten auf Fritz. Ich möchte mich in Papas tröstende Arme werfen, wie damals als Kind, wenn ich traurig war, aber er schaut mich nur anklagend an und schüttelt unmerklich den Kopf.

Die Stiefmutter springt auf und funkelt mich wütend an, Papa fasst ihr beschwichtigend an den Arm und schaut ihr dabei beruhigend in die Augen. In diesem Moment bemerke ich wieder jene Vertrautheit zwischen den beiden, die mir auch früher manchmal auffiel.

Die Klingel unterbricht die drückende Stille. Fritz ist da. Hilde öffnet die Tür und erzählt ihm gleich das Wichtigste. Thomas erklärt Fritz, dass er der Bevollmächtigte sei, er hat den Schlüssel zum Tresor. Mit geübten Griffen öffnet er den Tresor um Fritz zu zeigen, dass dort nichts Wertvolles darin ist.

Kann ja auch nicht, sie haben vorhin alles fortgeschafft, davon erzählen sie natürlich nichts. Nur noch ein kleiner Betrag ist im Safe zu finden.

Thomas hat ein schlechtes Benehmen, ob er sich wohl seinen Kunden gegenüber auch so aufführt? Seine Mutter hat versäumt, ihm Anstand und Respekt beizubringen. Selbst der Bestatter und die Polizei waren schockiert über sein Verhalten, das habe ich genau gehört. Sie hatten sich entsetzt darüber unterhalten, als sie dachten, dass niemand zuhört.

Triumphierend schaut mich die Gräfin an „Da siehst du, was du angestellt hast. Du hast die bösen Geister ins Haus geholt, jetzt treiben sie hier ihr Unwesen und wir werden sie nicht mehr los".“

Die Tür fällt ins Schloss, sie sind gegangen, alle. Jetzt stehen nur noch die „Gräfin", Papa und ich hier.

„Übrigens", säuselt mir meine Stiefmutter süffisant ins Ohr, „Hilde fährt ein hübsches Auto, das sie von meinem Geld gekauft hat. Und falls du es noch nicht bemerkt haben solltest, das Konto haben sie auch fast leergeräumt, eine viertel Millionen fehlen.

Du hast einfach ohne Verstand die Vollmacht über mein Vermögen an diesen

Parasiten weitergegeben. Jetzt sieh zu, wie Du es wieder herschaffst."

Verzweifelt schaue ich zu Papa, der sieht enttäuscht weg. Warum mache ich nur immer alles falsch und gerate an die falschen Leute.

„Setz dich" fordert mich die Gräfin auf." Jetzt sitzen wir drei am Esstisch, wie früher, allerdings ist die Stimmung bedrückend.

„Wir haben lange überlegt, was wir tun können, um dir zu helfen, aber wir wissen uns keinen anderen Rat" sie erwidert Papas bewundernden Blick. Die „Gräfin" und mir helfen? Das ist mir neu, da halte ich mich doch lieber an Hilde. Die gibt mir etwas ganz Wertvolles, nämlich Liebe.

„Es wird Zeit, dass du endlich erwachsen wirst. Dein Leben lang hast immer nur das getan, was für dich am einfachsten war.

Früher oder später muss sich jeder für seine Taten verantworten, für dich ist der Zeitpunkt jetzt gekommen. Hast du geglaubt, du hilfst dir und diesen Leuten, indem du immer alles tust, was sie wollen. Im Gegenteil, langfristig richtet es nur Schaden an."

„Gabi, diese Leute haben dir Schlimmes angetan," mischt sich jetzt Papa ins Gespräch. „Du mit deiner Gutgläubigkeit hast es nicht einmal bemerkt. Sie werden mit diesem Gewissen leben müssen, und glaub mir, das kann im Laufe der Jahre die Hölle sein."

„Glaubst du, die haben ein Gewissen!?" Erwidert jetzt die „Gräfin" wütend. „Wer weiß," übernimmt Papa wieder das Gespräch.

„Aber ich will, dass Hilde glücklich ist, und das ist sie jetzt," wende ich trotzig ein. Ich komme mir gerade vor, als wäre ich erst 17 und das „Familientribunal" tagt.

„Gabi, Geld macht nicht glücklich. Hast du noch nie den Ausspruch gehört, dass Geld den Charakter verdirbt? Zu Unrecht erworbene Dinge sind mit einem Fluch belastet, so könnte man es am einfachsten erklären und irgendwann werden sie dafür büßen müssen.

Je mehr Zeit vergeht, um so schlimmer wird das Unglück, das die Folge davon ist. Manche nennen es auch Karma."

Ich sitze wie ein Häufchen Elend am Tisch. So habe ich das noch gar nicht gesehen. Also habe ich Hilde und Thomas etwas Schlimmes angetan, obwohl ich Ihnen doch nur alles recht machen wollte. Das ist wahrscheinlich bei Erwachsenen nicht anders, als bei Kindern: Wenn man denen zu viel gibt, wollen sie immer mehr und mehr und werden unzufrieden und aggressiv.

Ich habe kürzlich in der Zeitung gelesen, dass Eichhörnchen und auch Kängurus aggressiv wurden, weil einige Leute ihnen immer leckere Sachen gegeben haben. Als sie dann einmal nichts dabei hatten, haben die Tiere die Menschen angegriffen und verletzt. Diese Verhaltensweisen hat der Mensch anscheinend auch. Also habe ich in meiner Gutmütigkeit es indirekt zu verantworten, dass Hilde und Thomas immer geldgieriger geworden sind.

„Du wirst jetzt das Haus verlassen und das Ganze wieder in Ordnung bringen", erwidert Papa sachlich. „Du hast ohne Verstand Dinge verschenkt, die dir nicht gehören, siehst du ein, dass das nicht richtig war?" Ohne ihn anzuschauen nicke ich und halte weiterhin den Kopf gesenkt.

Ich könnte heulen, aber irgendwie kommen keine Tränen. „Wenn man einen Fehler gemacht hat, muss man dafür „geradestehen", das gilt für dich und für jeden Anderen, auch für deine falschen Freunde. Du darfst unser Haus erst wieder betreten, wenn alles wieder seine Richtigkeit hat."

„Aber Papa, wo soll ich denn hin?" frage ich verzweifelt.

„Geh zu deinen raffgierigen Freunden und bring sie zur Vernunft. Ihnen werden die unrechtmäßig erworbenen Dinge keine Freude bereiten, du hilfst ihnen also auch nicht, indem du alles ignorierst und tust, was sie dir sagen."

Mit gesenkten Kopf verlasse ich das Haus. Ich fühle mich so schäbig und schlecht, wie noch nie. Auf meinen Schultern liegt eine große Last.

Plötzlich steht die Stiefmutter vor mir, die Eiskönigin persönlich, und schaut mich mitleidig an: „Gabi, verstehst du jetzt, warum ich nicht wollte, dass du Kontakt zu der Frau und ihrer Brut hast? Sie sind nicht gut und haben dich auf dem Gewissen. Sie werden dir nicht zuhören und dich auch nicht beachten. Lass dir etwas einfallen, du hast keine andere Wahl.

Erst, wenn du die Sache wieder in Ordnung gebracht hast, können wir alle unseren Frieden finden. Nur du allein kannst das."

Traurig stehen die Beiden vor ihrem Haus und schauen mir nach, während ich mich deprimiert entferne.